浪花朵朵

四季歌谣

[德] 罗特劳特·苏珊娜·贝尔纳 绘
[德] 沃尔夫冈·冯·汉克 作曲
[德] 艾比·瑙曼 作词 梅竹 译

上海文化出版社

图书在版编目（CIP）数据

四季歌谣 / (德) 罗特劳特·苏珊娜·贝尔纳绘；(德) 沃尔夫冈·冯·汉克作曲；(德) 艾比·瑙曼作词；梅竹译. -- 上海：上海文化出版社, 2020.7
ISBN 978-7-5535-1983-8

Ⅰ. ①四… Ⅱ. ①罗… ②沃… ③艾… ④梅… Ⅲ. ①儿童故事-图画故事-德国-现代②儿歌-作品集-德国—现代 Ⅳ. ①I516.8

中国版本图书馆CIP数据核字(2020)第082673号

Original title: Das grosse Wimmel-Liederbuch f ü r alle Jahreszeiten
Author: Ebi Naumann, Wolfgang von Henko
Illustrator: Rotraut Susanne Berner
Editor: Kristina Filthaut
Title: Das grosse Wimmel-Liederbuch f ü r alle Jahreszeiten

图字：09-2020-466 号

出 版 人	姜逸青
选题策划	北京浪花朵朵文化传播有限公司
责任编辑	赵 静 葛秋菊
特约编辑	张丽娜
版面设计	冰 雪
封面设计	墨白空间·冰雪
出版统筹	吴兴元
营销推广	ONEBOOK

书 名	四季歌谣
绘 者	[德] 罗特劳特·苏珊娜·贝尔纳
作 曲	[德] 沃尔夫冈·冯·汉克
作 词	[德] 艾比·瑙曼
译 者	梅 竹
歌词审校	张媛媛
出 版	上海世纪出版集团 上海文化出版社
地 址	上海市绍兴路7号 200020
发 行	后浪出版公司
印 刷	北京盛通印刷股份有限公司
开 本	889毫米×1194毫米 1/16
印 张	3
字 数	20千字
版 次	2020年7月第一版 2020年7月第一次印刷
书 号	ISBN 978-7-5535-1983-8/J.460
定 价	60.00 元

读者服务：reader@hinabook.com 188-1142-1266
投稿服务：onebook@hinabook.com 133-6631-2326
直销服务：buy@hinabook.com 133-6657-3072
官方微博：@浪花朵朵童书

目 录

渴了就
喝橙汁
老火车带你开启
怀旧之旅！
售票处
报刊亭
Nuu!
波塞冬鱼店
今日新品：
寿司
26
教练车

出发
到达
小吃店
维修中
冰激

美丽的小镇

作曲：沃尔夫冈·冯·汉克
作词：艾比·瑙曼

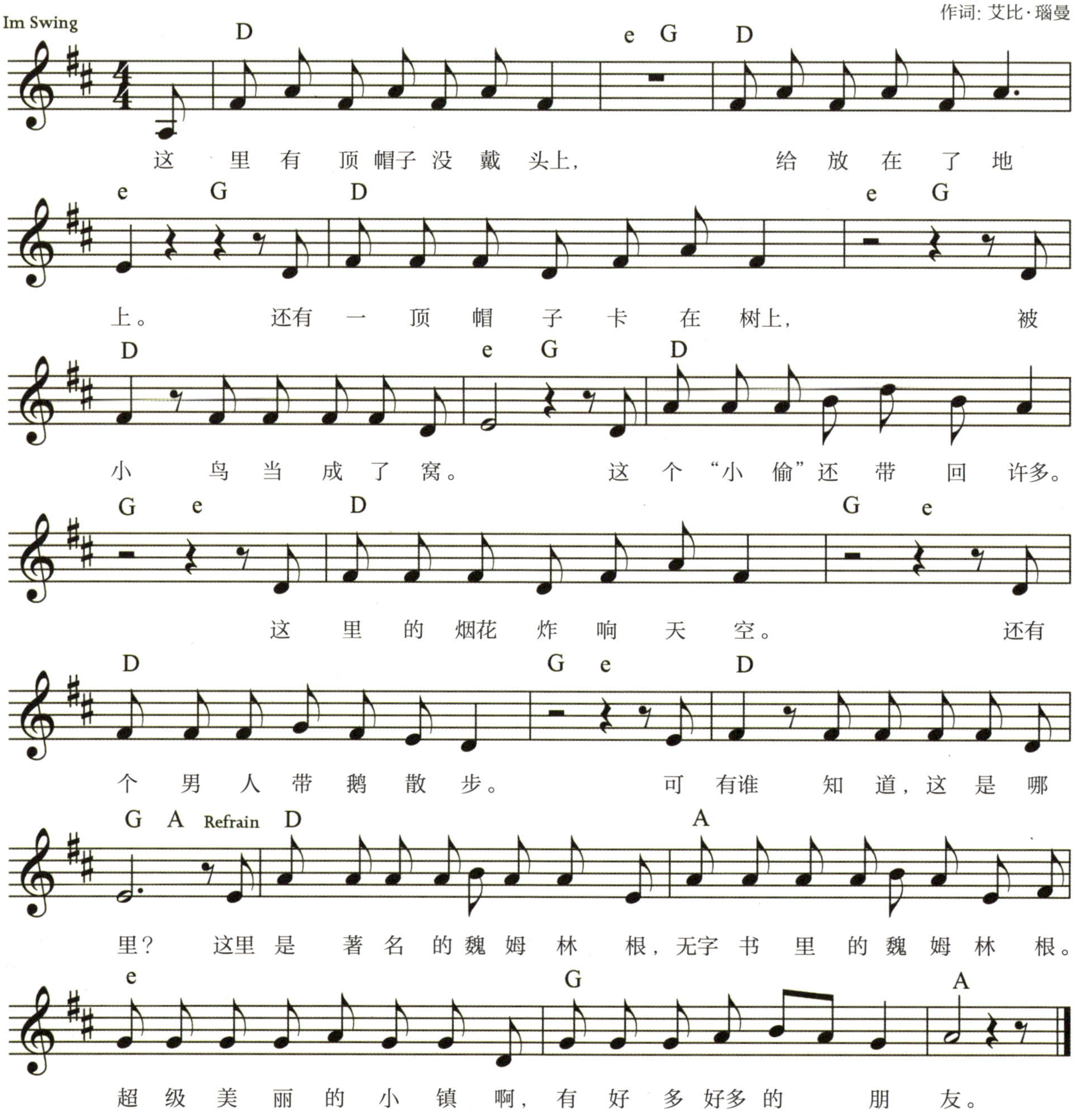
Im Swing
D e G D
这 里 有 顶 帽子 没 戴 头上， 给 放 在 了 地
e G D e G
上。 还有 一 顶 帽 子 卡 在 树上， 被
D e G D
小 鸟 当 成 了 窝。 这 个 “小 偷”还 带 回 许多。
G e D G e
这 里 的 烟花 炸 响 天 空。 还有
D G e D
个 男 人 带 鹅 散 步。 可 有谁 知 道，这 是 哪
G A Refrain D A
里？ 这里 是 著 名 的 魏 姆 林 根，无字 书 里 的 魏 姆 林 根。
e G A
超 级 美 丽 的 小 镇 啊，有 好 多 好多 的 朋 友。

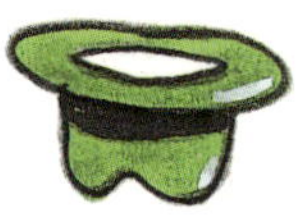

这里有顶帽子没戴头上，
给放在了地上。
还有一顶帽子卡在树上，
被小鸟当成了窝。

这个“小偷”还带回许多。
这里的烟花炸响天空。
还有个男人带鹅散步。
可有谁知道，这是哪里？

副歌
这里是著名的魏姆林根，
无字书里的魏姆林根。
超级美丽的小镇啊，
有好多好多的朋友。

一个印度人想永远留下，
佩德罗在这里写歌。
公园有池塘和动物园，
还有广阔的绿野。

托马斯边洗澡边唱歌，
歌声穿透天花板，
安德里亚好不耐烦。
可有谁知道，这是哪里？

（副歌）

幼儿园里有三个马桶，
大大小小的礼物要送给谁？
一只青蛙飞上天了，
弗里德里希在街角拐弯了。

一只狗和着手风琴伴唱，
也许其他狗也有这个本领。
利努斯掉了冰激凌。
可有谁知道，这是哪里？

（副歌）

春 天

作曲：沃尔夫冈·冯·汉克
作词：艾比·瑙曼

a C

春 天， 美 丽 的 花 朵 开 始 盛 开。

a C

春 天， 我 们 开 心 地 走 出 家 门。

Refrain

d G

来 吧，拥 抱 春天 享 受 春 天，

F G

万 物 复 苏、 发 芽、萌 动。

d G

来 吧，拥 抱 春天 享 受 春 天，

F G

万 物 复 苏、发 芽、 萌 动。

春天，
美丽的花朵开始盛开。
春天，
我们开心地走出家门。

副歌
来吧，拥抱春天享受春天，
万物复苏、发芽、萌动。
来吧，拥抱春天享受春天，
万物复苏、发芽、萌动。

春天，
冰雪开始融化。
春天，
冲破窗户冲进门。

（副歌）

春天，
微风和煦，花香四溢。
春天，
一颗星星挂上天空。

（副歌）

春天，
就是小镇，我们从中走过。
春天，
欣欣向荣，唤醒新的生命。

（副歌）

啊，小镇的春天啊！

来自秘鲁的佩德罗

作曲：沃尔夫冈·冯·汉克
作词：艾比·瑙曼

副歌

我是佩德罗，来自秘鲁。
每当我歌唱，大家都来听。
我一路旅行，一路表演，
时而悲伤，时而欢乐。

当我和你一样大，
那时也是个孩子，
我和姨妈住在秘鲁，
她的名字叫瓦伦蒂娜。

副歌

我是佩德罗，来自秘鲁。
每当我歌唱，大家都来听。
我也在公交车上表演，
就像今天这样。

瓦伦蒂娜是我的姨妈。
她也没什么可送，
就为我唱了首歌，
作为给我的送别礼物。

副歌

他是佩德罗，来自秘鲁。
每当他歌唱，大家都来听。
他一路旅行，一路表演，
时而悲伤，时而欢乐。

恐龙恐龙你从哪里来?

作曲: 沃尔夫冈·冯·汉克

作词: 艾比·瑙曼

Im Swing

我 在 热 气 球 里 问 自己, 那 里 有 只 恐 龙 吗?

我 认 真 想 啊 想 啊, 它 怎 么 上 到 三 楼 的?

在 我 们 魏 姆 林 根 小 镇, 哪 个 大 力士 能 抓住 它, 把

它 举 到 这 么 高? 它 究 竟 怎 么 上 去 的?

Refrain

恐 龙 恐 龙 你从 哪里 来? 恐 龙 恐 龙 你从 哪里 来?

恐 龙 恐 龙 你从 哪里 来? 恐 龙 恐 龙 你从 哪里 来?

我在热气球里问自己,
那里有只恐龙吗?
我认真想啊想啊,
它怎么上到三楼的?

在我们魏姆林根小镇,
哪个大力士能抓住它,
把它举到这么高?
它究竟怎么上去的?

副歌

恐龙恐龙你从哪里来？
恐龙恐龙你从哪里来？
恐龙恐龙你从哪里来？
恐龙恐龙你从哪里来？

好吧好吧，它在做什么？
在展览馆能做什么呢？
默默地立上一千年，
还是去公园里散散步？

（副歌）

它在那里会不会难为情？
我该不该把它带回家，
藏在我的床底下，
当我感到孤独，就把它唤醒？

（副歌）

你们听我在问啊问，
其实，我感到一丝高兴。
总有人能告诉我，
这只恐龙它从哪里来。

（副歌）

新幼儿园
将于今年10月
正式开园。
冰激凌
26

幼儿园

作曲：沃尔夫冈·冯·汉克
作词：艾比·瑙曼

等不及啦，等不及啦，
这里要有一所幼儿园啦。
孩子们盼望着盼望着，
大人们笑眯眯笑眯眯。

等不及啦，等不及啦，
这里要有一所幼儿园啦。
不急不急等到十月，
因为它还没修好。

等不及啦，等不及啦，
这里要有一所幼儿园啦。
它是孩子们的乐园，
在这里他们飞快长大。

等不及啦，等不及啦，
这里要有一所幼儿园啦。
我在想，这里有三个马桶，
你想做点什么吗？

不富有也不贫穷

作曲：沃尔夫冈·冯·汉克
作词：艾比·瑙曼

我不富有也不贫穷。
下雪天很冷，公交车很暖。
如果你们什么也不做，
只有雪花落进我的帽子。

硬币、纸币，纽扣和豆子，
请别什么都不留下。
请扔一些东西进来，
无论多少，无论大小。

这顶帽子它在地上，
还会戴回我的头上。
它坐头上还是站地上，
我都感觉很好。

我喜欢唱给你们听，
希望歌声带给你们快乐。
不喜欢不必站在这里，
您可以就这么走开。

魏姆林根的夏之歌

作曲：沃尔夫冈·冯·汉克
作词：罗特劳特·苏珊娜·贝尔纳
艾比·瑙曼

D　G
早上还艳阳高照，这会儿电闪雷鸣。

D　G
大风吹跑了垃圾。天空哭啼啼，谁能笑哈哈？

e　D
阿明、桑托什和丹妮拉，伊娃、克劳斯、我和伊冯，

C　a　D
还有加布里尔，身上是干的，修女玛莎却淋湿了。

Refrain

A
魏姆林根小镇它并不大，但

e　G　A　D
有趣的故事很多很多。有谁不想住进

A　e　G　A
魏姆林根，无论胖子瘦子高个矮个？

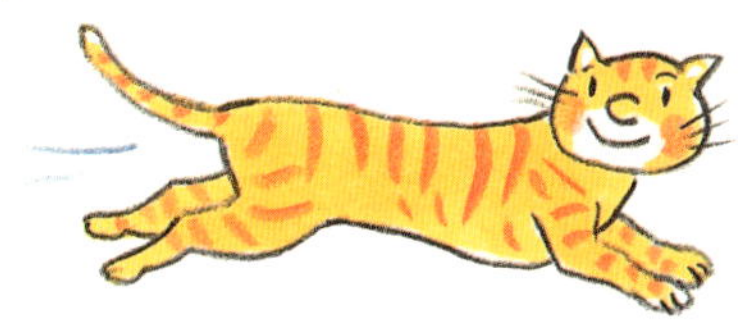

早上还艳阳高照，
这会儿电闪雷鸣。
大风吹跑了垃圾。
天空哭啼啼，谁能笑哈哈？

阿明、桑托什和丹妮拉，
伊娃、克劳斯、我和伊冯，
还有加布里尔，身上是干的，
修女玛莎却淋湿了。

弗里德里希年纪大了，
干什么都拖拖拉拉。
直到今天，直到今天，
他才坐到车里考驾照。

利努斯期盼了好几天，
今天广场有跳蚤市场。
他拿了好多东西去卖，
小拖车里满当当。

副歌
魏姆林根小镇它并不大，
但有趣的故事很多很多。
有谁不想住进魏姆林根，
无论胖子瘦子高个矮个？

雨伞倾斜，帽子飞扬，
大家都跑了起来，
谁也不想被雨点打到，
谁也不想去药店买药。

在夏日的暴雨中，
阿明看上去相当轻松。
克劳斯捕获了伊娃的芳心，
他们羞涩地亲吻。

第一缕晨辉升起了，
最后一抹夕阳消散了，
伊冯还在演奏小提琴，
只偶尔歇一会儿。

工厂里夜以继日，
办公室里忙碌不休，
而我更喜欢音乐。
它让我快乐，让我幸福。

（副歌）

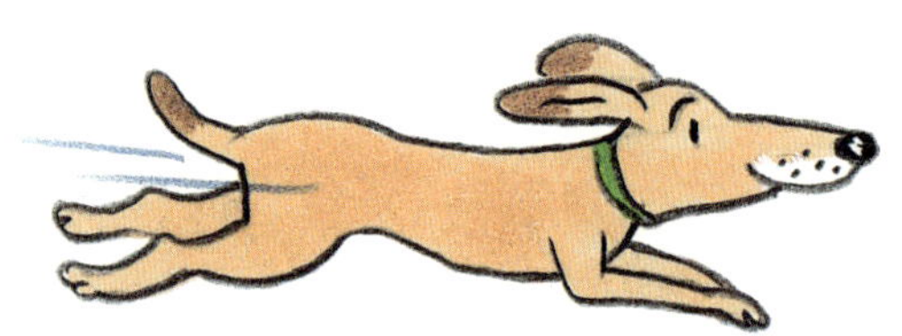

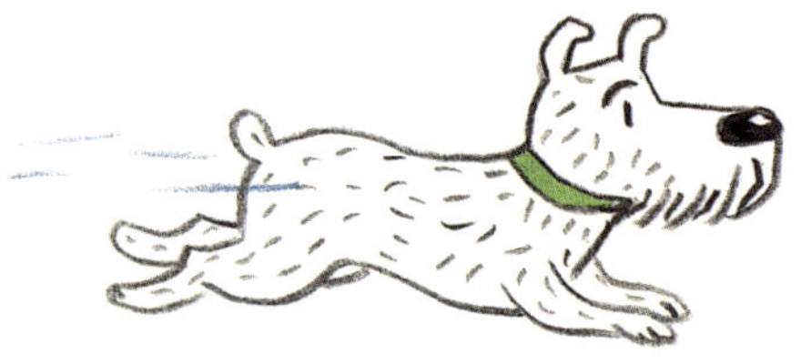

苏珊娜的生日

（献给所有过生日的孩子）

作曲: 沃尔夫冈·冯·汉克
作词: 艾比·瑙曼

D Asus4
太 棒 啦，过 生 日 啦！这是 值 得 庆 祝

A D Asus4
的日 子，无 论 你 在 任 何 地 方， 开 心 就

A G D
好。 即 使 下 着 雨 像 今 天，你 也 别

A G D
担 心， 朋 友们 都 在 你 的 身 边，过 去、现 在

A Refrain D A G e
和未 来。 在 你 生 日 的 这 天， 我 们 祝 你

A D A G e A
生日 快乐！ 祝 你 幸 福 祝 你 健康，祝 你 心 想 事 成。

太棒啦，过生日啦！
这是值得庆祝的日子，
无论你在任何地方，
开心就好。

即使下着雨像今天，
你也别担心，
朋友们都在你的身边，
过去、现在和未来。

副歌
在你生日的这天，
我们祝你生日快乐！
祝你幸福祝你健康，
祝你心想事成。

在接下来的一年里，
不要再弄丢你的帽子，
拥有鳄鱼般的力量和勇气，
一切挫折都会克服！

你又长大一岁，
我们为你感到骄傲，
为最美好的你，
我们都爱你。

（副歌）

一顶帽子，一艘船，一个喇叭！
鹅来自奥斯卡。
快打开礼物吧！
接着我来演奏，大家跳起来吧！

（副歌）

苏珊娜，让我们一起跳舞吧！

夏天去游泳吧！

作曲：沃尔夫冈·冯·汉克
作词：艾比·瑙曼

夏天，去泳池游泳吧！
夏天，去湖里划船吧！
夏天，我会不停出汗，
夏天，我会热得口干。

夏天，还有一些东西，
听得见，看不见：
蟋蟀在草丛里鸣叫，
为了向蟋蟀姑娘求爱。

夏天，是做梦的时节，
不在房间，而在星空下。
夏天，是悠长的假期，
关上电视，出门去玩耍。

夏天，还有一些东西，
看得见，听不见：
夜色里蝙蝠出动，
一只只飞向黑暗。

夏天，忘记时间的存在，
只想着美食和冰激凌。
夏天，可以躺在草地上，
要当心被太阳晒伤。

夏天，还有一些东西，
我们几乎不曾留意：
我们头上的满天繁星，
已经存在很久很久……

今天魏姆林根在舞动

作曲：沃尔夫冈·冯·汉克
作词：艾比·瑙曼

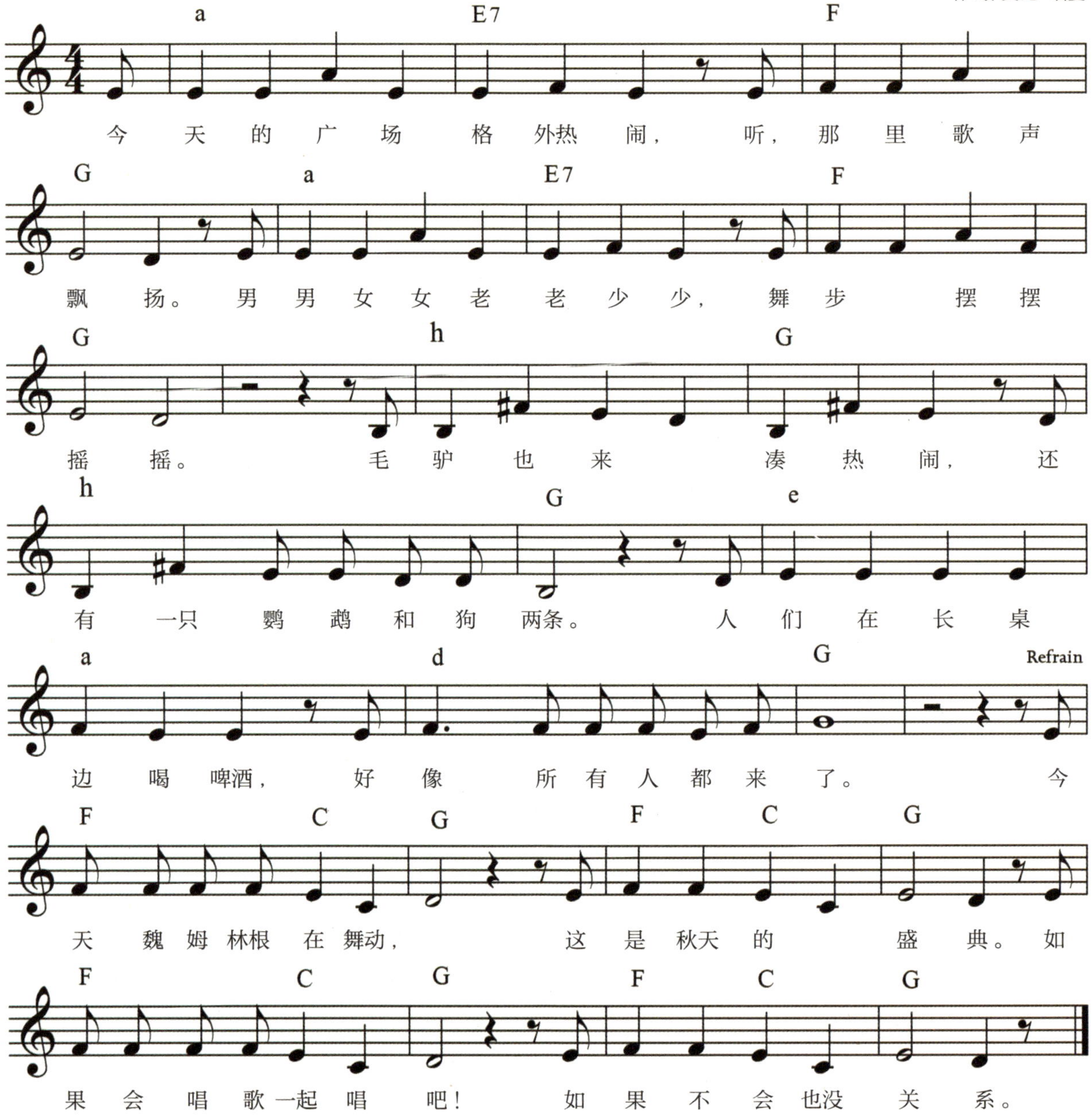
a E7 F
今 天 的 广 场 格 外热 闹， 听， 那 里 歌 声
G a E7 F
飘 扬。 男 男 女 女 老 老 少 少， 舞 步 摆 摆
G h G
摇 摇。 毛 驴 也 来 凑 热 闹， 还
h G e
有 一只 鹦 鹉 和 狗 两条。 人 们 在 长 桌
a d G Refrain
边 喝 啤酒， 好 像 所 有 人 都 来 了。 今
F C G F C G
天 魏 姆 林根 在 舞动， 这 是 秋天 的 盛 典。 如
F C G F C G
果 会 唱 歌 一起 唱 吧！ 如 果 不 会 也没 关 系。

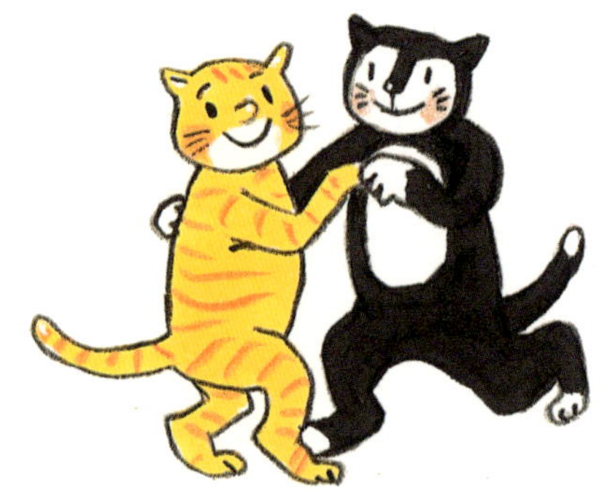

今天的广场格外热闹，
听，那里歌声飘扬。
男男女女老老少少，
舞步摆摆摇摇。

毛驴也来凑热闹，
还有一只鹦鹉和狗两条。
人们在长桌边喝啤酒，
好像所有人都来了。

副歌

今天魏姆林根在舞动，
这是秋天的盛典。
如果会唱歌一起唱吧！
如果不会也没关系。

汤姆拥着苏珊娜，
就是可惜了那帽子。
它被风吹进了水里，
这对帽子可不是好事。

一对情侣在深情舞蹈，
另一对跳起摇滚舞。
今年的秋天如期而至，
不管你盼望不盼望。

（副歌）

大白鹅旅馆
药店
饮品
蔬菜水果
小吃店
红酒
果汁
啤酒
矿泉水
果酒

新品
红酒、蛋糕
面包房
书店
皮雅·诺拉
钢琴教师
3楼
迈德·艾
哈克
牙医 2楼

吸尘器二重奏

（为两只鸟儿歌唱）

作曲：沃尔夫冈·冯·汉克

作词：艾比·瑙曼

清洁工1

一只鸟儿要举办婚礼，
就在那绿色森林里。

副歌

菲达啦啦啦。菲达啦啦啦。
菲达啦啦啦啦啦。

清洁工2

斑鸠是新郎，
乌鸦是新娘。

（副歌）

清洁工1和清洁工2合唱

而麻雀，而麻雀，
它们一直吃到饱。

（副歌）

跳蚤市场
骑士文化展
文化中心

魏姆林根的秋之歌

作曲: 沃尔夫冈·冯·汉克
作词: 罗特劳特·苏珊娜·贝尔纳
艾比·瑙曼

D G
啊，我们的幼儿园 终于 要开园啦！

D G
凉爽的秋天也来到，这一天等了好久！

e D
尼克不喜欢呆坐在杆上，它要开开心心

C a D
坐在琳恩的头上， 难怪它欢叫声声。

Refrain

A
魏姆林根 小镇 它并不大， 但

e G A D
有趣的故事很多很多。 有谁不想住进

A e G A
魏姆林根， 无论胖子瘦子高个矮个？

啊，我们的幼儿园
终于要开园啦！
凉爽的秋天也来到，
这一天等了好久！

尼克不喜欢呆坐在杆上，
它要开开心心
坐在琳恩的头上，
难怪它欢叫声声。

缇米是个小小孩，
偎在妈妈艾伦怀抱。
缇米有个小小愿望：
哪天他也可以在家打鼓！

合唱团里还有班尼迪克，
此刻它开开心心
大嚼野花野草，
偶尔也跟着唱几声。

副歌
魏姆林根小镇它并不大，
但有趣的故事很多很多。
有谁不想住进魏姆林根，
无论胖子瘦子高个矮个？

从太阳刚刚升起，
到夕阳慢慢落下，
伊冯一直在合唱团
演奏小提琴。

谁像路德维希这样认识乐谱，
就不会停下挥舞的双臂，
他是合唱团的指挥，
魏姆林根人都是合唱团成员。

（副歌）

西塞隆独唱
一轮圆月挂夜空，
夜晚美好而静谧。
莫妮卡高唱着小调，
明古斯轻吟着民谣。

26

咖啡馆
炒栗子

灯笼，灯笼，灯笼

作曲：沃尔夫冈·冯·汉克
作词：艾比·瑙曼

D G D
我 们 提 着 灯 笼 走 着， 快 乐 大

G e G
声 地 歌唱。 我 们 向 着 星 星 闪

A D Refrain
耀， 星 星 回 以 它 的 光。 灯 笼 啊

G D G
灯 笼 灯 笼， 照 亮 夜 晚 的 天空。

e G A
灯 笼 和 星星 和 光 亮， 闪 耀 着

D A D
他 们的 荣 耀， 闪 耀 着 他 们的 荣 耀。

我们提着灯笼走着，
快乐大声地歌唱。
我们向着星星闪耀，
星星回以它的光。

副歌
灯笼啊灯笼灯笼，
照亮夜晚的天空。
灯笼和星星和光亮，
闪耀着他们的荣耀，
闪耀着他们的荣耀。

我们的周围很黑，
天空像黑色的帐篷。
在星光下，
我们照亮整个世界。

（副歌）

虽然每一束光亮很小，
小到难以被看见，
但是当它们聚到一起，
就会散发最美丽的光。

（副歌）

如果灯笼的光亮熄灭，
请你也不要悲伤，
星星会为你带来光亮，
让你不再感到孤单。

（副歌）

我要去睡觉了，
闭上眼睛，做个好梦。
梦里，我看见树的那边，
有星星和我寻找的宁静。

（副歌）

喵喵猫

（两只猫的二重唱）

作曲：沃尔夫冈·冯·汉克
作词：艾比·瑙曼

夜幕降临，一天结束，
人们都回到家里了。
猫咪舔舔毛走出家门，
迈着优雅迷人的猫步。

副歌
咪嗷哩，咪嗷啦，咪嗷噜，
没人能比你们唱得好，
咪嗷噜，咪嗷啦，咪嗷哩，
所以我们要一起大声唱。

不去电影院，不去歌剧院，
公交车站是它们的约会地。
见面它们做什么，
最爱一起喵一曲。

（副歌）

如果我们的歌让你难受，
请关上窗，待在屋子里。
你的抱怨也阻止不了，
对，让我们专心唱会儿歌。

（副歌）

魏姆林根的送别歌

作曲：沃尔夫冈·冯·汉克
作词：艾比·瑙曼

阿明、卡洛斯和玛蒂娜，
雨果、缇米、弗兰克、伊娜，
卡莉塔、艾尔克、亚瑟、弗莱德，
婴儿车里的赫维尔曼。

皮娅·诺拉、曼弗雷德、克劳斯，
西格林德和圣尼古拉斯，
奥斯卡，桑托什、加布里尔，
今天一起放声高歌：

副歌

我们生活在美丽的魏姆林根，
所以你听到我们一起高歌
魏姆林根的送别歌：
再见，再会，goodbye，so long。

西格莉德、佩德罗、西维利亚，
利努斯和他的爸爸，
琳恩和她的鹦鹉，
汤姆和伊尔玛也来了。

凯瑟琳、乔纳斯、莫妮卡，
哈多克上尉、特拉拉，
明古斯和安妮特，
玛莎和弗里德里希肯定也在。

班尼迪克、西塞隆，
看书的佩特拉和丹妮拉，
坐轮椅的人和他的陪护，
还有彼得、斯特鲁皮和骑士。

（副歌）

安德里亚和安吉莉卡，
艾拉克博士也到了。
苏珊娜、托马斯和伊冯，
伦佐挣开狗绳跑上前。

乔瓦尼、乐天和小偷，
伊娃和她的爱人克劳斯，
卡尔琴、艾伦、理发师，
好了，就这么多人了吧！

啊，不对，我还忘记了：

赫塔、迪特里希、约翰尼、卡门，
在唐娅臂弯里的芭芭拉，
安蒂、路德维希、雅克、施密特夫人，
还有一起唱的动物们。

（副歌）

国际安徒生奖得主罗特劳特·苏姗娜·贝尔纳“四季系列”

四季时光·中英双语（全5册）

生活认知·视觉发现·图像阅读·逻辑推理·语言表达·单词学习

四季歌谣

四季厨房